I0825643

LOS JÓVENES DETECTIVES

El secuestro del Boeing 707

Jerry Gomez Shor Jr.

Pukiyari Editores

ISBN-10: 1-63065-102-8
ISBN-13: 978-1-63065-102-2

PUKIYARI EDITORES
www.pukiyari.com

Dedicatoria

A mis estimados lectores

Los ingleses tienen al famoso detective Sherlock Holmes de Sir Arthur Conan Doyle. Los franceses tienen al célebre Villano Arsenio Lupin y su rival Herlock Sholmes de Maurice LeBlanc. Estados Unidos tiene a Auguste Dupin creado por Edgard Allan Poe. Y el Perú tendrá a Ayesha y Schariar, los jóvenes detectives, quienes con la típica e inigualable picardía latina resolverán casos policiacos.

Este segundo capítulo lo dedico a todo amante de la verdadera justicia y a mi madre, quien fue en parte artífice de la creación de estos personajes y quien me enseñó ciertos trucos de redacción.

Prólogo

Desperté ese lunes temprano, era un lunes como cualquier otro. Empezaba otra semana rutinaria en donde iría todos los días al mismo trabajo que realizaba desde hacía muchos años y del cual estaba aburrido. Era la monotonía de ser cajero de un supermercado, sonriéndole a todos los clientes y escuchando sus quejas de nunca acabar. Ese día, luego de darme un buen baño de agua fría para desperezarme y acercarme a la cocina para prepararme mi café pasado matutino junto con mi sándwich de tortilla de champiñones, me senté a la mesa e iba dar el primer mordisco cuando divisé un sobre amarillo medio abierto, en donde se podían divisar algunos papeles escritos que sobresalían de este. Se trataba de un sobre bastante grueso deslizado hasta la mitad por la ventana de la sala.

Me lo quedé mirándo con curiosidad, pensando cuándo lo deje allí, o quién lo habría dejado.

¿Qué podría contener ese sobre?, pensé por un momento... hasta que recordé a ese amigo anónimo, un viejito ya, que conocí en una de esas noches bohemias en un bar cerca a la playa, y quien, entre una cerveza y otra, me contó aquella historia de unos detectives anónimos que evitaron muchos actos delictivos sin que la prensa o medios de comunicación se enteraran. Escritos que tenía guardados hacía

ya mucho tiempo y que le llegaron por medio de un amigo de estos jóvenes.

Iba dar el primer mordisco cuando divisé un sobre amarillo medio abierto, en donde se podían divisar algunos papeles escritos sobresaliendo. Se trataba de un sobre bastante grueso deslizado hasta la mitad de la ventana

Hacía ya un buen tiempo que había recibido el primer manuscrito del caso de “las trece monedas de oro”, como ustedes estimados lectores recordarán. Y desde aquel día no tuve mas comunicación con él.

Este señor me había prometido entregarme esa historia, según él verídica, en forma periódica sobre estos jóvenes. Y, debido a unos conocidos que tenía en la prensa, me ponía en ventaja para poder publicarla y darles a conocer estos hechos.

Me puse de pie, dejando el sándwich y el café a medias, y acercándome a la ventana cogí el sobre amarillento entreabierto y medio mustio. Regresé a la mesa y comencé a sacar los papeles escritos, los cuales daban la apariencia de haber sido impresos ya hacía un buen tiempo.

Encima de todos aquellos papeles había un papel que parecía escrito recientemente, era una carta y reconocí su letra. Decía lo siguiente:

Estimado amigo:

Como lo prometido es deuda, aquí le traigo la segunda parte de esta historia extraordinaria que en forma misteriosa me llegó de uno de los conocidos de los jóvenes detectives, ya hace mucho tiempo. Como usted sabe, debe guardar en secreto mi nombre y el de ellos, ya que se divulgan en estas historias sucesos y secretos de Estado que no deben ser revelados.

Me despido con un fuerte abrazo.

Su amigo, el viejito anónimo

Y, así terminaba la carta, dejándome sorprendido y curioso, como suelo estar cuando algo nuevo me saca de la rutina diaria.

Ya han pasado más de tres meses desde el día en que me llegó esta carta. Y hoy recibí en mi casa el primer envío de cajas llenas de libros con esta segunda historia a distribuir; que ustedes, mis estimados lectores, disfrutarán.

Gracias,

Su autor.

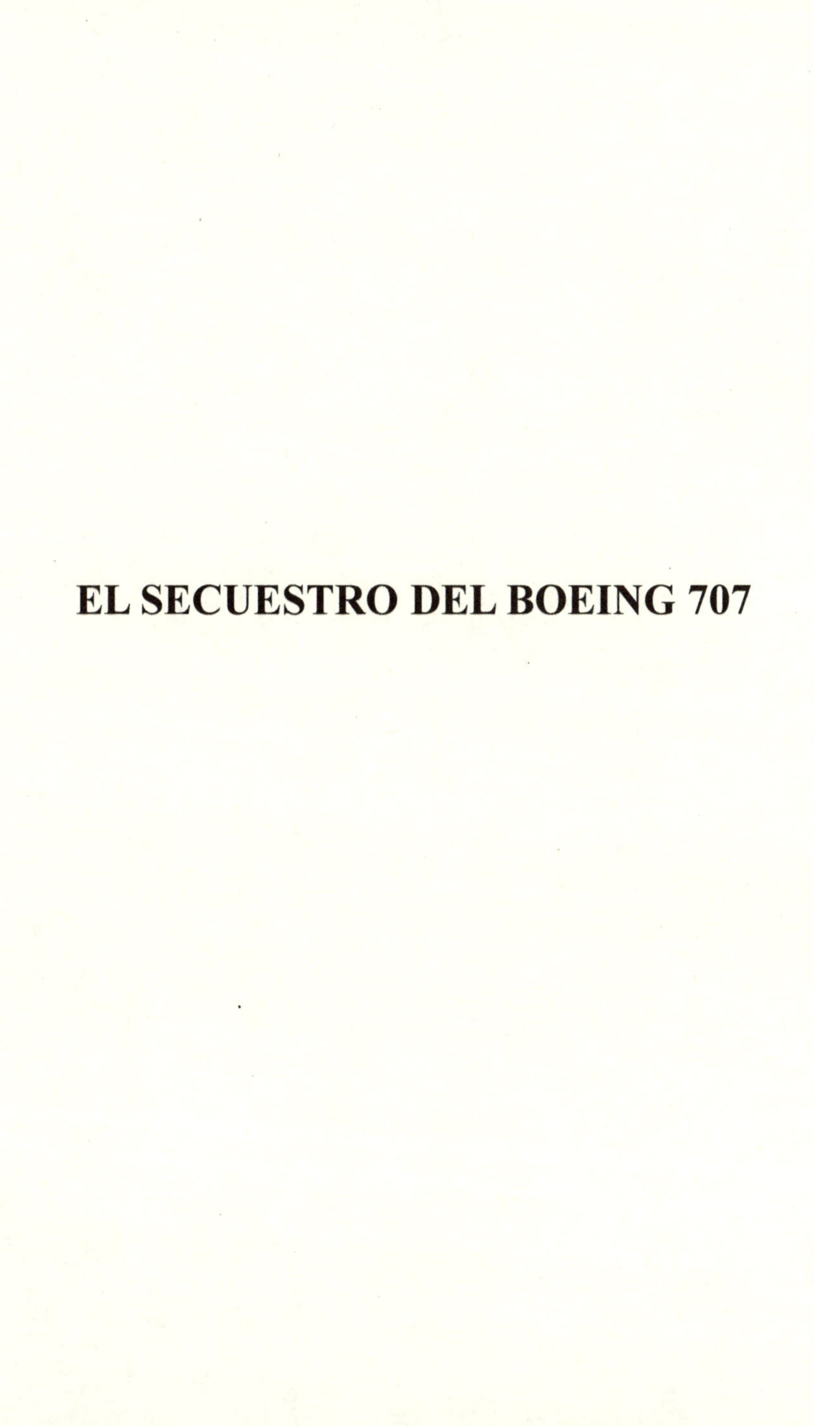

EL SECUESTRO DEL BOEING 707

Parte I
La huida

Era una oscura y sombría noche, demasiada tranquila para un lugar como el penal “Castro Castro” del distrito de Canto Grande en Lima. Los guardias que custodiaban aquella noche, unos tres en la puerta de enfrente y dos en las torres de control ubicados en ambas esquinas hacia el lado de la entrada, empezaron a sentir inquietud, no sabían qué era, pero algo malo presagiaban.

Mientras tanto, por el lado izquierdo del edificio penitenciario y a unos cien metros de distancia, se encontraban escondidos dos personas sospechosas que usaban pasamontañas esperando el momento oportuno para actuar.

Eran como las dos de la mañana cuando uno de ellos le dijo a su compañero:

—Llegó el momento... ¿Puedes ver la puerta?

—Sí —replicó el otro—. Hay cinco guardias, dos de ellos han entrado para hacer cambio de guardia, así es que tenemos exactamente tres minutos para actuar. Ya sabes qué hacer, ¿verdad?

—Sí, amigo —contestó—. No te preocupes.

En el penal, los guardias marchaban de un lado a otro, doblando en la esquina y siguiendo su recorrido unos cuarenta pasos más antes de girar sobre sus talones y regresar.

Fue en ese preciso momento, antes de girar, que uno de los guardias fue derribado por uno de los encapuchados, quien rápidamente lo desnudó y luego de ponerse su uniforme escondió el cuerpo entre los matorrales que crecían cerca al muro.

De inmediato se colocó en el lugar del guardia.

Y, luego de que su compañero hiciera lo mismo, empezaron a caminar ambos en dirección a la puerta simulando ser los guardias.

En pocos pasos, ya cerca al tercero, lo derribaron en cuestión de segundos, lo amordazaron y escondieron a este también entre los matorrales.

Continuaron con su marcha hasta que llegase el cambio de turno, pues solo quedaban unos dos o tres minutos antes de que se realizase.

Después de ese lapso de tiempo, salieron tres guardias para reemplazar a sus compañeros, y al ver que solo quedaban dos de los guardias a relevar preguntaron por el tercero, a lo cual le contestaron que salió a comprar cigarrillos y que todavía no regresaba. A lo cual, los nuevos guardias quedaron bastantes extrañados por aquella singular respuesta, pues estaba prohibido abandonar el puesto, pero no les quedó otra que aceptar y tomar el turno de los dos.

Intercambiándose una que otra palabra sobre lo tranquilo que había sido el turno, al entrar al presidio, los dos hampones disfrazados de guardias se enrumbaron por un corredor con dirección al sótano. Se acercaron a una oficina de informes, o al menos así la llamaban, era un pequeño escritorio sucio y con unas cuantas repisas a su costado con papeles que aparentemente parecían inservibles, y, cuando quisieron saludar al custodio, este se encontraba profundamente dormido en su silla completamente solo, así que se les hizo fácil amordazarlo y esconderlo. Luego buscaron entre los papeles los nombres de sus compañeros que se encontraban presos.

Después de un momento, uno de ellos dijo:

—¡Jefe! Mira, lo encontré; están en el pabellón 6, sección "delito contra el patrimonio". En la celda 8 están Juan y Edward, en la celda 9 Carlos y Gregory y en la 10 está Fabián.

—Muy bien —contestó el otro—. Ahora el asunto es encontrar esos pabellones en todo este laberinto.

Justo cuando decía esto, miró hacia la pared y se percató de que había un mapa detallado del presidio. Al buscar los pabellones y secciones respectivas se dieron cuenta de que se encontraban en el segundo sótano y exactamente debajo de ellos. Así es que no esperaron más; pero antes de partir le quitaron el uniforme al guardia amordazado anteriormente para dárselos a algún otro de sus compañeros cuando fuesen liberados.

Empezaron a caminar por el pasadizo frío y húmedo, hasta tropezar con dos guardias que custodiaban una reja de hierro y que cerraban el paso a unas escaleras que bajaban al segundo sótano. Después de saludarse al estilo militar, les dijeron que requerían un permiso especial para entrar y bajar y que si no contaban con esa autorización, no podrían entrar por ser zona restringida. Luego de recibir esa respuesta el jefe hizo como si fuera a sacar un papel de su bolsillo y guiñándole el ojo a su compañero le acertó un fuerte golpe a uno de los guardias, dejándolo inconsciente instantáneamente y, antes de que el otro pudiera reaccionar, el compañero del jefe le aplicó otra llave en el cuello, dejándolo desmayado. Los ataron y escondieron, llevándose también sus uniformes y armas.

Abrieron la puerta, y justo en ese momento se acercaban dos guardias.

Ya se imaginarán, estimados lectores, lo nerviosos que se encontraban. El jefe le susurró a su compañero que si ya se habían dado cuenta los guardias acerca de ellos como intrusos no tendrían más remedio que **chancarlos** (expresión usada por los seres de mal vivir y que significa dejarlos inutilizados por un buen tiempo y, en algunos casos, asesinados), como a los otros.

Pero sus premeditaciones estaban de más, solo venían para el cambio de turno; así que intercambiaron saludos informando que todo estaba bien y continuaron su camino.

Ya habían atravesado un gran trecho del pasadizo y se acercaban al pabellón IV, cuando nuevamente tropezaron con más guardias; esta vez eran cuatro.

—¿Qué haremos ahora jefe?, son cuatro —dijo el ayudante.

—No te preocupes —le contestó y continuó hablando—: Sigue caminando, ya se me ocurrirá algo, pero debes hacer todo lo que yo te diga.

—Está bien jefe —respondió el otro.

Una vez que se acercaron y saludaron, el jefe, que tenía vestimenta de teniente, les ordenó darles paso ya que venían a recoger a un preso por orden judicial. Los guardias, confundidos, les preguntaron con qué autorización. El compañero del jefe estaba en la cumbre del nerviosismo y creía que su jefe esta vez se había equivocado. Cuando de pronto observó que el jefe sacó un papel de su bolsillo y se lo entregó a uno de los guardias. Al leerlo éste se asombró y contradijo:

—Pero si este preso fue procesado hace dos días.

El jefe alzando la voz con gesto de profunda indignación, dijo:

—¡Subalterno! ¿Vas a negar mi autoridad ante estos guardias cuando vengo con la debida autorización del poder judicial para ingresar al pabellón de delitos?

—No, mi teniente —contestó el guardia, que era sargento, haciéndoles pasar y despidiéndose con respeto.

Después de caminar un poco y alejándose de los guardias uno de los hampones le dijo al otro:

—¿Cómo lograste tener posesión del documento del proceso judicial?

—Cuando llegues a tener mi experiencia e influencias lograrás obtener lo que desees en cualquier país —respondió.

Iban acercándose cada vez más al pabellón, el único impedimento que faltaba era desarmar a dos guardias más que custodiaban la reja de ingreso al pabellón 6. Hasta ahora todo había salido bien, pero la preocupación del ayudante del jefe era cómo salir de allí después de todo, no le agradaría volver por el mismo pasadizo por donde entraron, pero tenía cierta seguridad de que estando con su jefe lo lograrían. Iba sumido en este pensamiento cuando se toparon con los custodios y, casi sin darse cuenta, su jefe desarmó a los dos y, después de atarlos, prosiguieron el camino hasta que por fin llegaron a la celda 8; estos eran unos cuartos pequeños, sucios y malolientes, que a duras penas entrarían dos reclusos en cada uno; sin embargo, habrían tres, cuatro y hasta cinco presos en cada cuarto. Amontonados como si fueran animales, era triste el espectáculo, hasta que vieron a Juan y Edward y abrieron la reja despacio para que salieran dejando tan cerrado como si no hubiese sucedido nada. Luego continuaron para liberar a Carlos, Gregory y a Fabián.

Después de ponerse los uniformes de los guardias abatidos continuaron caminando, pero no por el camino por donde habían entrado si no que siguieron adentrándose por el pasadizo, entre las celdas. Algunos estaban confundidos, pero confiaban en su jefe, lo seguían sin cuestionar. Entraron por un corredor oscuro y que se dirigía cuesta abajo; casi no podían ver, pero tampoco había guardias, de vez en cuando oían algunos gemidos pidiéndoles comida, se imaginaban que eran los condenados a perpetuidad.

Tenían ganas de liberarlos, pero corrían el riesgo de ser atrapados nuevamente. Su caminata duró como unos diez a quince minutos, que les parecieron interminables, hasta que chocaron contra una pared. A partir de allí, la única manera de llegar al mundo exterior era una escalera pegada a la pared; al salir de aquel túnel totalmente vertical estarían en una plataforma pequeña al costado del patio donde los presos salen al mediodía a tomar aire.

Eran como las tres de la madrugada y el lugar estaba silencioso, ningún custodio imaginaría que al llegar la mañana habrían escapado cinco presos. Avanzando a gatas, atravesaron una reja de fierro alrededor del patio, por debajo, después de cortar algunos alambres que la sujetaban con el piso; de allí solo quedaba avanzar unos treinta o cuarenta metros hacia el muro de unos cuatro metros de altura; después de lo cual serían libres.

Solo había dos guardias en esa zona y en cada cruce de ellos tenían tres minutos exactos para pasar antes de que giraran sobre sus talones y recorrieran el área de nuevo. Ya se imaginarán, amigos lectores, lo tensos que se encontraban todos; aunque lo peor ya había pasado, aun les quedaba un pequeño trecho que recorrer; y si fallaba alguno, todos fracasarían.

Fueron pasando de uno en uno hasta llegar los siete al otro extremo. Una vez listos y reposados, Smith ordenó que buscaran una cuerda tirada desde afuera por Betty. Era increíble, todo lo tenía seriamente planeado sin falla alguna. Al cabo de un rato, Edward la encontró, como a unos ocho metros de distancia de donde se encontraban ellos. Pero antes de comenzar el ascenso, Smith les recordó que tenían tres minutos exactos para llegar a la cuerda, trepar y saltar hacia fuera antes de que voltearan los guardias.

Antes de comenzar el ascenso, Smith les recordó que tenían tres minutos exactos para llegar a la cuerda, trepar y saltar hacia fuera. Una vez al otro lado, a dos cuadras hacia la izquierda, encontrarían la camioneta con Betty

Una vez al otro lado de la pared, a dos cuadras hacia la izquierda encontrarían la camioneta con Betty al volante.

—Allí nos reuniremos todos, pero si por alguna razón los últimos en salir demoraran más de veinte minutos, tienen que dejarlos e irse, así se trate de mí. Ya veremos cómo salimos, ¡correcto!

Felizmente todo les salió perfecto, se reunieron los siete en la camioneta y partieron hacia el nuevo refugio que se encontraba por la urbanización. Vipol, en el distrito de San Martín de Porras en Lima; porque el antiguo, como ustedes recordarán, fue destruido por una bomba dejada por Smith al ser descubierto por los jóvenes detectives.

Parte II
Una invención

Aquella tarde los jóvenes se encontraban en una exhibición de restos antiguos, como: escritura, tejidos, orfebrería, etc. Lo que más le llamó la atención a Schariar fueron las escrituras y la numerología de los antiguos en cuestión, trataba de memorizarse todo el panorama que tenía frente a él. Ayesha hizo lo mismo porque también le impresionaron las figuras, líneas y puntos que, unidos de diferentes formas, podían expresar fácilmente un mensaje, lo que no podía comprender era por qué Schariar dibujaba cada uno de ellos sin perder detalle alguno. Cuando ya no pudo con la curiosidad, le preguntó por qué lo hacía.

—¡Ayesha! —contestó—. Tengo una excelente idea y llegando a casa te la explicaré.

—Bueno, Schariar, como tú quieras —contestó y haciéndole broma agregó—: Schariar, yo tengo otra idea incluso más interesante; ¿qué tal si me ayudas a levantar este esqueleto de brontosaurio, para espantar los malos espíritus?

—Ja Ja, Ayesha, no me hagas reír que estoy muy concentrado.

En fin, Ayesha lo dejó solo por un momento y se puso a observar toda la galería. Había esqueletos completos de casi todos los saurios que existieron sobre la tierra y peces de diferentes formas y tamaños. Mientras caminaba y escuchaba lo que el guía decía de cada muestra en la exhibición, su mente por momentos volaba pensando en Schariar. No sabía qué era pero tenía una sensación que nunca había sentido hacia alguien, no sabía si era respeto, cariño o amor. Aun no había estado comprometida, por lo cual no podía saberlo a ciencia cierta; además no resistía estar muchos días sin él; en cambio él parecía que solo la tomaba como una amistad. Era su forma de ser, hablar y comportarse que lo hacía diferente a los demás, nunca lo había oído quejarse sobre su situación, creía firmemente que todo se puede y nada es imposible, le daba confianza y la alentaba en la lucha por la vida como nadie se lo había demostrado.

Sumiéndose en estos pensamientos escuchó la voz de él llamándola para irse.

—¿Por qué, si todavía no has visto otras cosas?

Pero era indudable que él tenía muchas ideas en la mente y no quería perder tiempo hasta plasmarlas en un objeto o papel.

Salieron del Museo de la Nación, ubicado en plena avenida Javier Prado en el distrito de San Borja, Lima, y tomaron el auto de Schariar para dirigirse al departamento. En el trayecto Ayesha se quedó dormida apoyando su cabeza en el hombro de Schariar y él la abrazó casi sin pensarlo; fue la primera vez que la chica sentía el latido del corazón de otra persona que no fuese el de su padre, tuvo ganas de besarlo pero se contuvo para evitar cualquier tipo de mala interpretación ya que Schariar era más conservador que ella.

Ya al llegar y subir con pesadumbre hasta su casa, cuando Ayesha vio su cama solo atinó a echarse y dormir un rato.

Tres horas más tarde, según vio en el despertador sobre su velador, Schariar la llamaba por fin para explicarle su idea.

—¡Ayesha! Recuerdas los jeroglíficos del museo ¿verdad?

—Sí, claro, te la pasaste dibujándolos todo el tiempo que estuvimos allí.

—Bien —contestó y siguió—: He ideado un nuevo idioma, clave para nosotros en caso de necesidad o para transmitirnos información que no querramos que terceros se enteren.

—Pero, Schariar —contestó—, eso es absurdo, solo se ve en películas —dijo ella sin saber que lo iría a usar más adelante, como usted, amigo lector, ya verá.

—Mira, Ayesha, te explicaré: primero, el abecedario no es el mismo que vimos en el museo, lo he modificado, y es el siguiente:

—Y los números, como verás Ayesha, son casi iguales a los números mayas:

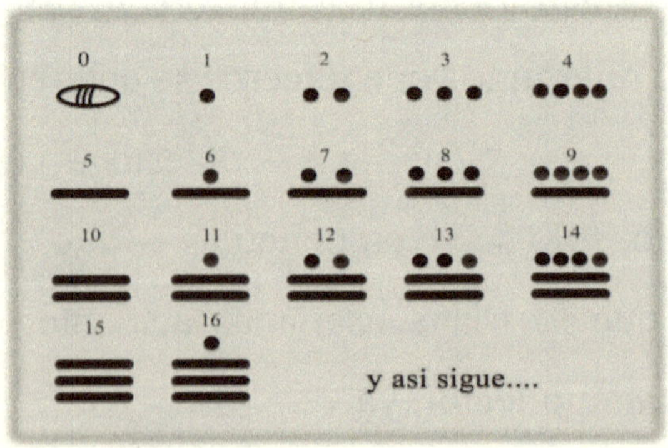

—Como verás, Ayesha, los números parecen difíciles, pero no es así. El punto es un guarismo que representa un dígito y que puede combinarse con otros; por ejemplo, con la línea, que es otro guarismo de cuatro dígitos. Como puedes ver, solo tienes que juntar y/o combinar estos guarismos para escribir una cantidad. Y hasta puedes realizar operaciones matemáticas con tanta facilidad como con los números convencionales conocidos universalmente.

—Eres un genio —exclamó ella—. No puedo comprender aún cómo pudiste idear nuestro propio lenguaje.

—No es nada Ayesha, solo necesite un poco de imaginación y cálculo —respondió él.

Parte III
La búsqueda

Al día siguiente salió por televisión, radio y periódicos, en primera plana, la noticia acerca de la desaparición de cinco presos del penal más seguro del país. No sabían las autoridades cómo explicar en qué momento pudieron ingresar dos personas y burlar tan fácilmente la fuerte vigilancia del penal; la alarma y cámaras esparcidas por todo el recinto no detectaron nada sospechoso. Unos culpaban a las autoridades penitenciarias, otros al poder judicial y hasta incluso al mismo poder ejecutivo de ser en parte culpable de la fuga, pero por más que buscaban responsables no hallaron a ninguno y solo llegaron a afirmar que los que lograron ingresar y llevarse a sus compañeros eran unos genios del mundo del hampa. Nunca hasta ese día se había realizado una fuga tan bien planificada y que dejaría a los policías tan confundidos.

Desde aquel fatídico día se inició una profunda investigación para la captura de la banda e incluso se ofreció recompensa de varios miles de dólares por cada cabeza de sus integrantes. Todas las organizaciones se pusieron en su búsqueda; policías, guardias particulares, comités vecinales e incluso se dio parte a la Interpol en caso de que los buscados saliesen del país. Pero existía un pequeño inconveniente, no sabían los nombres verdaderos ni el rostro del jefe ni de los guardaespaldas de la banda. Nadie lo sabía, a excepción de los jóvenes detectives.

Mientras tanto, en el departamento de la avenida Pardo, Ayesha y Schariar miraban el noticiero. Una vez enterados de la fuga de la banda, Schariar le dijo a ella:

—Ayesha, tengo el ligero presentimiento de que nuestro amigo Smith y su grupo se encuentran ahora en alguna parte de la capital

—Sí, creo que sí —contestó ella y continuó—: Temo que vengan a vengarse de nosotros por haberles malogrado su anterior plan.

—No te preocupes —contestó—. Estás conmigo, además él (Smith) no es del tipo de hampón rencoroso.

—Ojalá sea así como tú dices, ¿y ahora que haremos? —respondió ella.

—Ya se nos ocurrirá algo —contestó él, y justo en ese instante sonó el teléfono—. ¡Aló!, ¿quién es? —contestó Schariar

—Soy el teniente Richard —respondió una voz desde la otra línea—. Hola muchacho. Te acordarás de mí, ¿verdad?

—Por supuesto, cómo olvidarme de usted, mi teniente, ¿qué hay de bueno? — respondió el muchacho, simulando no saber nada.

—¿Como?, ¿no te has enterado por el noticiero?

—¡Oh! Escuché algo de una fuga, ¿verdad?

—Exactamente —contestó el teniente—. ¿Y a que no adivinas quién fue?

—Pues la verdad que no tengo la menor idea… déjeme adivinar: pueda ser el narcotraficante El Padrino.

—No te hagas muchacho, es la banda que atrapamos con tu ayuda; y te llamaba para que nos ayudes con su búsqueda, ya que ustedes son los únicos que conocen sus nombres; además, se les dará muy buena recompensa y un distintivo de honor si los atrapamos.

—Déjeme pensarlo, mi teniente —respondió el muchacho—. La situación es difícil y el jefe de esa banda es muy inteligente.

—Bueno, el caso es que… ¿no quisieran darnos sus verdaderos nombres y características para hacerles su identikit?

—No, lo siento mucho, pero no creo que pueda hacer eso, mi teniente, porque no sé sus nombres (aquí mintió el joven para evitar posibles represalias) y eso es asunto de la policía. Pero, si cambio de opinión lo buscaré.

—Está bien —respondió el policía y continuó—: Te espero acá en la dependencia si cambias de opinión.

—Muy bien, hasta luego —respondió Schariar y colgó.

Se pusieron a cavilar Ayesha y Schariar sobre la situación de Smith y su banda, estaban en duda si aceptar o rechazar la oferta. Se jugaban una fuerte suma de dinero y fama. Después de mucho pensar, decidieron aceptar el trato, pero con la condición de no dar los nombres ni dirección a la policía.

Aquí Ayesha le recriminó el haber mentido a la policía al decir que no sabía sus nombres y él respondió:

—Mira Ayesha, es para cuidarnos en caso de que Smith nos capturara o seamos víctimas de venganza de alguno de su banda. Tendremos puntos a favor en hacerle recordar que le mantuvimos en el anonimato ante los oficiales; en el mundo del hampa, ser soplón se paga con un precio muy alto.

Luego de decir esto, el joven cogió el teléfono y marcó el numero de la dependencia policial. Una vez que le contestaron dijo lo siguiente:

—Mi teniente: aceptamos el reto, mañana por la mañana iremos a su dependencia para que nos dé permiso para realizar la investigación.

—Correcto muchacho, me alegra que aceptaran y tendrán a la policía para apoyarlos, hasta mañana.

—*Okay*, hasta mañana, teniente.

Otra vez, como verán, los muchachos se involucrarían en un caso policiaco, pero con una pequeña ventaja: que ya tenían una experiencia anterior, el caso de "las trece monedas de oro".

Mientras tanto, en el distrito de Magdalena (al este de la ciudad de Lima), Smith y sus ayudantes conversaban y reían de cómo habían burlado a los guardias.

—Realmente son estúpidos esos custodios, jamás lograrán atraparnos de nuevo, a menos que esos jóvenes detectives nos busquen; como sabrán, ellos saben nuestros nombres y cómo actuamos —dijo Javier.

—No te preocupes —respondió Smith y continuó—: Esos chicos ya no nos estorbarán;

y si lo hicieran, no darán nuestros nombres a la policía, de eso estoy seguro. Lo que a continuación estoy planeando es el secuestro de un avión Boeing 707 de una aerolínea peruana que partirá dentro de cuatro días a las 2:15 de la madrugada, rumbo a Madrid, España. Ese avión llevará personas importantes. El plan que he diseñado es con algunas personas involucradas en el mismo Gobierno y militares, que nos podría llevar a las altas cúspides de poder y nadie en este mundo nos podrá detener. Solo debo primero tener en mis manos a esos jóvenes entrometidos.

Parte IV
Información confidencial

Al día siguiente, Schariar se alistó para ir a la dependencia policial con Ayesha, se subieron al auto y partieron. Al llegar a la prefectura, se encontraron con el teniente Richard para enterarse de todo lo necesario, hasta el más mínimo detalle.

—Mis queridos amigos, como sabrán no tenemos información muy precisa de cómo se realizó la fuga. Pero por consultas recientes e investigaciones preliminares sabemos que dos personas ingresaron disfrazadas de custodios, cruzaron todos los recintos burlando toda la vigilancia, sacaron a los compañeros de la cárcel y salieron por un túnel que da al patio principal. De allí suponemos que treparon el muro, a menos que alguien más los hubiese ayudado desde afuera.

—Mi teniente —preguntó el muchacho—. Usted dice que suponen que alguien los ayudó desde afuera, pero, dígame, ¿no hay custodios en esa zona?

—Sí, los hay Schariar; pero, como te vuelvo a explicar, no podemos comprender cómo llegaron a burlar la vigilancia. Es un caso especial; por eso les pedimos ayuda, ya que ustedes son los únicos que saben mucho más sobre esa banda que nosotros.

—¿Qué pasa, teniente?, lo veo un poco confundido —preguntó Ayesha.

El teniente titubeó por unos instantes y después de encenderse un cigarrillo y serenarse respondió:

—Sí, lo estoy, amigos míos; por no comprender cómo, teniendo métodos de estudio, experiencia y la tecnología necesaria para la lucha contra la delincuencia aquí y en el mundo, nadie puede contra esa banda. Sin embargo, ustedes lo saben todo.

Era como si hubiera dicho: “Soy ya viejo y existen cosas aquí que aún no logro comprender: dos grupos en pugna trabajan en los bajos y oscuros fondos de la sociedad; uno de ellos, al margen y apoyando a la ley, y el otro, en contra”.

—¡Ay!, mi teniente… —respondió la muchacha y continuó—: Algún día se enterará cómo es que un estudiante de sistemas y una estudiante de ingeniería química se involucraron en esta clase de oficio, parece una novela escrita por un idealista platónico.

—Mi teniente, usted me dice que fueron dos personas las que ingresaron al penal disfrazados de policías, ¿quiénes le dieron esa información?, me gustaría ir a visitar el penal y averiguar qué otros datos se pueden sacar, *¿okay?*

—Está bien, Schariar —respondió el teniente y continuó—: Esos datos me los dieron los custodios de la puerta y lo que está grabado en el área de la recepción de los presos en la cámara 1.

—Bien, ¿me podría proporcionar el permiso para ir en este momento allá?

—Esperaba esa respuesta, muchacho. Hace un momento, antes de que vinieras, redacté este permiso que lleva mi autorización firmada, mediante el cual ustedes se hacen cargo del caso, y nosotros les damos todas las facilidades.

—Bueno, por el momento es todo, mi teniente, y nos volveremos a comunicar cuando tengamos nuevos detalles a informar.

—Está bien muchacho, buena suerte.

Y así termino la entrevista y los jóvenes partieron para dar sus primeros pasos en el caso.

Pero, antes de salir, el joven pegó debajo del escritorio del teniente un dispositivo electrónico que permitía escuchar las conversaciones conectado a su computador por vía inalámbrica con una batería que duraba más de dos semanas.

En cuanto los muchachos salieron, el teniente se comunicó por radio con otra persona no identificada.

El joven pegó al escritorio un dispositivo para escuchar las conversaciones, conectado a su computador por vía inalámbrica, con una batería duradera

—X1, estar atentos, los jóvenes te buscan. No los dejes pasar, atrápala a ella.

—Gracias teniente por el informe. Nos estaremos comunicando antes del día marcado, *okay*. Cambio y fuera.

Mientras tanto los jóvenes salieron y se dirigieron al presidio a investigar y recoger pruebas. Al llegar, observaron un lugar bastante tétrico y desagradable, especialmente para una persona como Ayesha, acostumbrada a una vida acomodada gracias al esfuerzo de su padre.

Sin embargo, Schariar, siendo también de buena familia, había estado ya en lugares muy pobres y lúgubres de la ciudad.

El penal se conformaba por un gran edificio de un muro sólido con cuatro o cinco metros de altura aproximadamente. Y torreones de vigilancia en cada esquina, linternas de gran voltaje y alarmas de seguridad. Al llegar y mostrar el permiso los dejaron entrar dándoles todas las facilidades. El trayecto se hizo largo y penoso debido a que el muchacho consultaba a cada custodio. Visitaron el pabellón de delitos contra el patrimonio hasta llegar a un lugar donde se hacía más estrecho y oscuro, casi no podían ver, un custodio les dijo que ese era el lugar para condenados a perpetuidad, era un laberinto de caminos; y que había solo una salida a la cual se llegaba luego de pasar por un estrecho túnel que se comunicaba con el patio de recreo.

Schariar le ordenó al custodio que les enseñara esa ruta. Para ello caminaron como unos diez o quince minutos en una oscuridad que les pareció interminable; entraron por un túnel por el que tenían que arrastrarse en cuatro patas hasta llegar a la abertura, y salieron al patio donde los presos tomaban aire de día; cruzando ese patio vieron una alambrada, y de allí, como a unos treinta metros, el muro de división con el mundo exterior.

El muchacho, después de observar todo el panorama, le preguntó al policía:

—¿La seguridad que hay de día es la misma que en la noche?

—Sí —respondió.

Schariar observaba a los custodios ir y venir, mirando su reloj a cada instante. Ayesha no tenía ni idea por qué él medía el tiempo, pero veía que había adquirido más experiencia e intuición e incluso de vez en cuando le asustaba la agudeza de él. Luego de un rato se dirigieron hacia la salida, mirando el suelo de tierra que circundaba el presidio hasta que Schariar vio algo extraño y gritó:

—¡Ayesha ven! Mira esto, observa bien y te darás cuenta de que son las marcas de arrastrar a una persona; y mira el pasto de este lugar oculto cerca del muro: se encuentra más aplastado, como si hubieran puesto un peso sobre él; y se ve igual al otro lado del penal. Ayesha, estos policías de hoy me defraudan; o quizá alguien más está involucrado en esta fuga dentro del Gobierno y no quieren que se haga saber. Vamos a la casa y te explicaré cómo fue la fuga. Ya tengo todos los datos.

Tomaron el auto y se dirigieron hacia el departamento de la avenida Pardo. Schariar le explicó todo de la siguiente manera:

—Te acordarás, Ayesha, esa vez que atrapamos a Smith y su banda.

—Sí —respondió ella.

—Y te acordarás de que Smith se escapó de la prefectura con un compañero más.

—Sí, es cierto.

—Bien, pues Smith y ese compañero fueron las dos personas que lograron sacar a sus cinco otros compañeros presos. En la puerta de entrada había cinco guardias en la noche, dos en ambos torreones del frontis y tres en la puerta, haciendo ronda. No sé por qué razón uno de ellos y luego el otro llegaron a la esquina y doblaron hacia el costado; en ese momento los maleantes los atraparon, inmovilizaron y se pusieron su uniforme de militar. Lo mismo hicieron con el otro. Luego, vestidos de custodios, es fácil imaginar cómo ingresaron al penal, puede ser en cambio de guardia. Luego buscaron al jefe de llaves, lo amordazaron y, después de estudiar el mapa del presidio, se dirigieron al pabellón de delitos contra el patrimonio, no sin antes tener que burlar algunos guardias y actuar violentamente contra algunos otros. Luego llegaron a las celdas 8, 9 y 10 del pabellón 6 y rescataron a sus compañeros. Siguieron caminando hacia donde se encuentran los presos a perpetuidad, cruzaron el túnel hasta el patio, rápidamente llegaron a la reja, pasando por debajo, y de allí al muro en menos de tres minutos, que es el tiempo que demoran los guardias en dar la vuelta y cruzarse entre sí. Una vez llegados al muro, alguien de afuera les debió de haber ayudado.

—Pero Schariar, puede ser que uno de ellos no haya entrado con Smith a rescatar a los demás.

—Eso no puede ser, mi querida Ayesha, porque desarmar a dos guardias robustos antes de cruzar los pabellones no es cosa fácil, para eso han debido de ser dos personas; y no te olvides que Betty, la novia de Smith, también está libre; o algún nuevo integrante les proporcionó ayuda. Una vez fuera de la cárcel se reunirían en algún lugar de la capital. Como verás, está muy claro, no sé por qué la policía se hace tanto problema. Lo que tenemos que averiguar ahora es dónde se encuentran y qué están planeando.

—Caramba Schariar, cada día me sorprendes más —respondió ella con admiración hacia él y continuó—: Jamás podría creer, si no hubiese estado contigo investigando, cómo lograste develar algo que ni la propia policía había descubierto.

—Ayesha, no es nada. Pura intuición; eso sí, total silencio *okay*. Nadie debe saber esto, ya lo daremos a conocer a su debido momento. Lo que sí me tiene intrigado Ayesha, es que uno de los guardias me dijo que el hombre disfrazado de policía que ingresó a llevarse a sus compañeros presos le enseñó un papel con una orden judicial de llevarse a uno de los presos, aunque se dio cuenta de que ese hombre ya había sido procesado; pero el guardia no pudo negarse porque el documento llevaba el sello y firma del propio juez de turno.

En eso Ayesha comentó:

—Schariar: eso quiere decir que ese juez está de parte de Smith.

—Eso mismo pensé yo, amiguita, y le pregunté al guardia. Él me aseguró que no podía ser puesto que además había algunos escritos que modificaban la orden, pero con tan poca diferencia en las letras que no le tomaron importancia. Y diciendo esto el guardia continúo diciendo: "Además joven creo que existen personas dentro del Gobierno involucradas en esta fuga".

Ayesha asombrada respondió:

—No lo puedo creer, Schariar, eso significa que será peligroso para nosotros querer agarrar de nuevo a Smith.

—Tienes razón amiguita, por eso iba a decirte que mejor lo haga yo solo.

—No —respondió ella—. Eso nunca. Donde tú vayas yo iré hasta la muerte.

Asombrado por la respuesta segura que recibió de ella, Schariar le dio las gracias por confiar en él y después de un pequeño lapso de tiempo observándola le respondió que iba a salir solo a la calle a pensar y ordenar sus ideas y estaría de regreso en unos minutos.

Antes de terminar su diálogo, escucharon en su computadora la conversación que les llegó por medio del micrófono que él colocó en la oficina del teniente.

Caminaba por el malecón mirando al mar y pensando en todo lo que le había sucedido desde hacía algo más de un año; Smith y su banda, su auto, la policía, delincuentes y muchas cosas más, hasta el punto de estremecerse sin saber a ciencia cierta si era por miedo o pasión de aventura.

Él mismo no podía creer cómo su vida había dado un giro tan vertiginoso. Sumido en esos pensamientos, recordó a su amiga Ayesha: de pelo largo y rubio, ojos claros y esbelta;

mirándole, aconsejándole como siempre; no supo qué era, pero algo estaba sucediendo en su interior. Cada vez que estaba con ella, se sentía más tranquilo y seguro. Con estos pensamientos en la mente regresaba por el malecón de Miraflores en dirección a su casa.

En ese momento tocaron a la puerta tres veces en el departamento de la avenida Pardo. Ayesha, pensando que era su amigo, corrió para abrirle la puerta; y al ver que no era nadie, la fue a cerrar de nuevo, pero antes de que se terminara de juntar se dio cuenta de un sobre en el piso dirigido a ellos. Cerró la puerta y fue a sentarse en la sala para abrirlo y ver que decía lo siguiente:

Estimado Schariar:

Me remito a tu persona informándote que estamos libres para jugarnos la revancha. Te acordarás la última vez que nos encontramos, pues llevo una ventaja: ahora los conocemos a ustedes y ustedes no saben dónde estamos. Nos mantendremos en comunicación.

Atentamente,
Smith Cross

Ya se imaginarán lo alterada que Ayesha se encontraba luego de leer la carta, pensando que uno de los amigos de Smith había estado hacía unos minutos atrás de la puerta tocando. ¿Qué hubiese sucedido con ella si uno de los maleantes hubiese entrado? No podía creerlo. En ese momento sonaron tres toques leves a la puerta y luego de unos segundos la manecilla empezó a girar. Ya se imaginarán cómo se encontraba ella. Se escondió detrás del bar que se ubicaba a tres metros de la puerta, agarrando un jarrón de porcelana para tirárselo al primero que entrara. Transcurrieron unos segundos de tensión, y si no fuese por la agilidad de Schariar este hubiese terminado en alguna clínica o hospital de la zona, porque justo al abrir la puerta y entrar, lo primero que vio fue una cosa blanca que se dirigía directo hacia su rostro, y solo atinó a agacharse, estrellándose el susodicho jarrón en la pared cerca al borde de la puerta. Al reaccionar, lo primero que Schariar vio fue a su amiga escondida detrás del mueble llorando; se acercó y después de levantarla y abrazarla le preguntó qué le había sucedido y por qué le tiro el jarrón que por poco lo manda a cuidados intensivos.

Ella entre sollozos le contó lo sucedido desde que se fue él a pasear. Una vez enterado de lo acaecido, el joven se recostó en el diván y se rio. Ayesha no comprendió. De cólera se le tiró encima, propinándole sendos golpes que él esquivó con habilidad mientras seguía riendo. Hasta que, tranquilizándola y sujetándole el rostro con las dos manos, le explico por qué se reía, que ahora era él (Smith) quien les escribía y no ellos, como acostumbraban a hacer. Después de calmar los ánimos se fueron cada uno a descansar a su habitación.

Al día siguiente, durante el desayuno, Schariar le preguntó a Ayesha si no habían dejado ninguna otra carta debajo de la puerta.

—No —fue su respuesta.

—Bueno, entonces haremos lo siguiente; saldremos de la casa por la puerta de escape y nos ubicaremos en un lugar donde podremos vigilar nuestro departamento sin ser vistos, hasta que caiga algún sospechoso.

—Pero Schariar, ¿y si no vuelven a aparecer? —contestó ella.

—Eso no puede ser —contestó él—. Volverá. Yo sé que volverá.

Parte V
Tras las pistas

Ese día Schariar la pasó aburrido, esperando y buscando sin hallar ninguna pista que lo llevara a la banda de Smith.

—Schariar: vamos a la casa ya son casi las diez de la noche y tenemos que descansar, nos espera mañana un día muy largo y tengo la certeza de que tendremos más suerte —dijo Ayesha.

—Está bien —contestó el muchacho—. Además, estoy cansado y con hambre, no he probado ni un pan con agua en todo el día. Vamos, creo que esta vez tienes razón.

Pero mientras regresaban por la avenida Pardo hacia el departamento, Schariar no estaba muy conforme con la idea de ir a descansar y dejar el camino libre a Smith. Ayesha, que conocía muy bien a su amigo, observó en él una gran preocupación mientras Schariar trataba de no dárselo a conocer a ella.

Al final, entraron a la casa y se prepararon un par de sándwiches con café; y luego de comer se fueron a descansar.

En este momento les hago notar que la chica se había ya independizado de sus padres, no sin antes haberles tenido que explicar de mil formas diferentes que estaría bien; además de presentarles a su amigo Schariar, quien acomodó en su departamento otra habitación para ella. Como siempre él muy caballeroso, aunque a ella le hubiese gustado estar en un mismo cuarto juntos; no entendía el por qué, pero tenía un sentimiento muy especial hacia él.

Cuando Ayesha se levantó y se dirigió a la cocina para preparar el desayuno antes de salir se dio cuenta de que su amigo no se encontraba en su habitación. Al parecer Schariar había salido muy temprano, y al fijarse en el despertador se dio cuenta que marcaba las dos de la madrugada. Ayesha se preocupó por un momento; no sabía por qué él habría salido en la madrugada; pero después se tranquilizó pensando que últimamente el muchacho había cambiado bastante y le gustaba investigar de noche más que de día.

Ella se dirigió hacia la ventana y observó la calle húmeda y con neblina. Casi en un susurro murmuró:

—Ojalá se haya llevado su abrigo.

De pronto se sorprendió al ver el automóvil negro de Schariar estacionado en el mismo lugar donde lo dejaron la noche anterior, se quedó pensativa y extrañada, no entendía por qué actuaba esta vez de forma tan diferente.

—Bueno… —se dijo a sí misma—. Al fin y al cabo, de seguro vendrá pronto y yo tengo que terminar este bendito proyecto de la universidad si quiero pasar al último ciclo.

Cerca de las seis de la tarde se abrió la puerta y entró el muchacho; ella, que se había quedado dormida en el escritorio haciendo el proyecto, se despertó y al ver a Schariar con la cara demacrada por el cansancio y sucio le preocupó mucho. Lo ayudó a ir a su habitación para luego traerle algo de comer. Él le pidió que lo dejase solo y no se preocupara, no tenía hambre y deseaba ordenar sus ideas y pistas encontradas durante el tiempo que estuvo ausente. Poco después se quedó profundamente dormido.

Ella entró a su cuarto a la media hora para cubrirlo con una manta y evitar que se resfriara; mientras hacía esto, le plantó un beso en la frente.

Sería cerca de las diez de la noche cuando Schariar se despertó y se dirigió a la sala, en donde encendió el televisor para escuchar las noticias; algo le intrigaba: por qué Smith seguía en este país y no partía a otro, ya que él no le encontraba aparente motivo para que se quedase. Mientras pensaba en esto escuchó en las noticias que una delegación de diplomáticos y militares del país iban a viajar a Bruselas para una reunión internacional sobre la paz mundial dentro de dos días sin dar la hora ni aerolínea en donde viajarían por motivo de seguridad.

Schariar al escuchar las noticias pensó: *"Secuestro", eso es; ¿por qué no lo había pensado antes? Ahora entiendo el periódico, los uniformes, la orden judicial, la transmisión de radio, y aquel guardia que me dijo que existían personas dentro del Gobierno involucradas en la fuga*. Y luego susurró:

—¿Y qué hay de los militares?, algo se cocina con ellos. Esta noche tendré que volver a salir.

En ese momento sonó el teléfono; al contestar, oyó la voz del teniente Richard que le preguntaba si sabía algo sobre la banda. El muchacho respondió que aún no, y que no tenía ninguna pista sobre ellos.

—Bien —contestó el teniente y siguió—: acabo de recibir información que indica que

Schariar al escuchar las noticias pensó: "Secuestro", eso es; ¿por qué no lo había pensado antes? Ahora entiendo..."

todos ellos se han fugado del país, salieron por la frontera norte esta mañana. No debemos preocuparnos más pues eso es ya trabajo de la Interpol.

Al escuchar eso Schariar no pudo menos que sonreír mientras le decía al teniente que si estaba seguro de ello, de que la banda ya no estaba en el país, entonces él podría descansar tranquilo. Luego se despidió cortésmente.

Al colgar el teléfono, Schariar solo atinó a sonreír y pensando en voz alta dijo:

—Lo que no imaginan es que sé el plan que están armando.

Pero Schariar no sospechaba que también era una treta para que él cayese en la trampa.

Si le dijera al teniente que esta banda esta acá en Lima, y cerca al aeropuerto, desbarataría todo, pensó para sí mismo, *pero ese Smith no se saldrá con la suya, ya casi tengo un plan y funcionará.*

En ese momento entró su amiga y al verlo con el rostro peor que antes se preocupó más y le dijo:

—¡Schariar! Te veo mal a pesar de que has descansado, te recomendaría que vayas al médico a chequearte.

—No Ayesha —contestó él—. Estoy bien. Lo que pasa es que tengo varias pequeñas pistas que resolver y aun no encuentro la solución. Esta noche voy a volver a salir.

—Puedo acompañarte —ofreció ella.

—No amiguita, no quiero que corras peligro.

—Pero Schariar, estaré preocupada y no creo que duerma pensando que te puede pasar algo.

—Nada de peros —respondió él—. Esta noche será decisiva; y si deseas acompañarme, tendrá que ser mañana.

Su respuesta fue cortante para Ayesha y, como verán más adelante, él tenía razón.

—Pero Schariar —contestó ella—. Esta vez estás haciendo todo casi solo, ¿o es que ya no me tomas en cuenta? Si es así, mejor me marcho y cada uno seguirá por su camino.

El muchacho no sabía qué decir, entendía muy bien que lo que iba a hacer ese día era peligroso, pero tampoco quería que Ayesha se fuese, así que trató de persuadirla. Y ella, volviendo a su carácter original de antes de conocerlo, armó todas sus cosas y salió en dirección a la casa de sus padres, aunque en el fondo no lo deseaba. Ella no tenía idea de que al doblar la esquina para tomar el taxi tres personas la esperaban para secuestrarla. Le vendaron los ojos y, atándola de pies y manos, la metieron en un auto Toyota Celica de color rojo y se dirigieron con rumbo a alguna zona del Callao.

Mientras tanto Schariar salió corriendo a la calle para interceptarla y decirle lo mucho que la quería y necesitaba tenerla junto a él; pero al doblar la esquina vio a tres personas que la sujetaban y metían a un auto. Corrió para detenerlos, pero fue muy tarde; el auto ya estaba en marcha y él, así estuviera cerca de su auto, ni con las potentes turbinas del carro lograría alcanzarlos.

Después de un rato, regresó a casa pensativo y meditabundo por lo sucedido. Se sentó en el sofá y encendió el televisor, pero no podía concentrarse en el aparato, se culpaba a sí mismo del peligro en el que en ese instante estaba Ayesha. Sin darse cuenta, se acordó de Smith y del plan pendiente, se puso la vestimenta más simple que tenía y tomando su moto se dirigió al lugar convenido.

Parte VI
Un encuentro furtivo

Eran como las diez de la noche cuando Schariar acechaba el puente que cruza el río Rímac (río hablador: en lenguaje de los antiguos pobladores del valle de Lima; río principal que cruza la ciudad de Lima y desemboca al mar por la zona del Callao, cerca al puerto marítimo principal del país) a la altura de la avenida Faucett (avenida principal que va de sur a norte y llega al primer aeropuerto del país), dos personas conversaban en el mismo puente; uno de ellos vestía uniforme militar; el otro era blanco, alto y con atuendo de civil. Luego de la pequeña charla, tomaron un auto que los llevó hasta el aeropuerto. El militar le presentó a varias personas que laboraban en la aerolínea. Después de cinco minutos se despidieron y el hombre de civil se subió a un auto Toyota Celica de color rojo con placa Q6-3646, bastante nuevo, y se dirigieron hacia la urbanización Vipol, calle Los Cedros 647.

Schariar en todo momento los siguió y, al llegar a la casa, se escondió entre unos arbustos y así pudo escuchar y ver por la ventana de al lado de la casa lo siguiente:

—Jefe —dijo Javier Lamp—, acabamos de atrapar a la muchacha de ese joven detective que nos molestó tanto la vez pasada.

—Muy bien —respondió Smith—. Tráiganmela para observarla y conversar con ella.

Ya se imaginarán cómo se encontraba Schariar al escuchar y ver a su querida amiga en manos de su enemigo, tenía ganas de entrar y enfrentársele a él, pero podría ser peligroso para Ayesha; y guardándose todas sus fuerzas, siguió espiando.

Escuchó con parsimonia lo siguiente;

—¿Así es que tú nos has estado espiando?

—Sí —contestó ella—. Y no les tengo miedo.

—Sí, así veo, me gusta cuando mi enemigo es valiente, pero no sabes a lo que te expones; claro que por ser tú, compañera de mi más admirado enemigo, te ganas mi respeto, además me servirás de cebo para atraerlo hacia mí —Dijo Smith, sin imaginar que estaba siendo escuchado por el joven detective.

Smith ordenó que encerrasen a Ayesha y que no le hiciesen ningún daño; especialmente iba esa orden a Pedro, de mente libidinosa. Además, les dijo a Carlos, Edward y Javier Lamp que buscasen por los alrededores de la casa para asegurarse de que nadie lo había seguido a la hora que la raptaron. No tenían idea de que el joven ya estaba en camino al aeropuerto para averiguar sobre aquella aerolínea.

Tan pronto llegó, Schariar se acercó a la ventanilla y, haciéndose pasar por un pasajero perdido, preguntó por un tal militar de mil formas posibles, hasta que la recepcionista reconoció a esa persona y le informó que era uno de los encargados responsables del ingreso de pasajeros al aeropuerto, el capitán de marina Óscar Avilés. Cuando Schariar le preguntó algo más, ella le contestó que era privado y eso era todo lo que le podía decir. Así que el muchacho se despidió de la señorita mientras dejaba un mini microfono pegado debajo del mostrador.

Y, haciéndose pasar como perdido, salió del aeropuerto y se dirigió al departamento de la avenida Pardo a descansar.

Esa noche casi no durmió, preocupado por lo que le podría pasar a su amiga, no sin antes echarse la culpa por haberle dicho que iba a salir esa noche.

Al día siguiente se levantó muy temprano, como a eso de las cuatro de la mañana, y no supo por qué razón salió a la calle en dirección a algún bar abierto a esas horas.

Como era sábado, muchos bares se amanecían, tomó unas cuantas cervezas y ya al amanecer, a eso de las 6:30 de la mañana, regresó a su casa.

Quiera la suerte o el buen presentimiento, haber salido lo salvó de un buen asalto, porque al llegar al departamento lo primero que vio fue la puerta abierta. Por un instante pensó que la había dejado así, pero no, al entrar y ver su interior se dio cuenta de que había sido víctima de un ataque: los sofás estaban volteados, las cortinas desgarradas; con espanto en los ojos entró rápidamente a su cuarto y con estremecimiento observó que todo estaba en completo desorden. Felizmente parecía que no encontraron lo que buscaban y dio gracias el haber salido esa noche más temprano que lo normal. Viendo todos los destrozos, halló una carta escrita con puño y letra de su amiga Ayesha. No pudo contener la emoción y fue abrirla, decía lo siguiente:

Querido amigo y amado Schariar:

Estoy bien, no te preocupes. Smith te llamará cuando sea necesario. No hagas nada porque correré peligro. Lo que te sucedió esta noche te sea de advertencia, la próxima no se hará responsable por tu vida. Me despido.

Ayesha

Schariar no sabía qué hacer, entendía que si Smith se enteraba de su plan o si él continuaba realizándolo correría peligro; pero lo que más le preocupaba era su amiga. Mientras pensaba y reflexionaba acerca de esto, por una casualidad la luz se colocó justo a la espalda del papel y sin darse cuenta se fijó en unos grabados transparentes. Schariar trató de dibujarlos en otro papel, y resultó en lo siguiente:

Después de hacer el dibujo no pudo mas que exclamar:

—Ayesha eres fabulosa.

Aunque ya no se acordaba mucho de su lenguaje secreto aun pudo con un poco de paciencia traducir los símbolos resultando en lo siguiente:

Av. Perú SMP 381 / S O S

La clave estaba resuelta y Smith por lo visto no notó cuando ella colocó el mensaje, de seguro se habían mudado de sitio y aquella era la nueva dirección. El muchacho pensó, *si no fuera por esa visita que hice con ella al museo y crear nuestro propio lenguaje secreto, sin saber que muy pronto lo iríamos a utilizar, no sabría qué hacer en estos momentos. Ayesha por eso te quiero cada día más y si fuera posible daría mi vida por ti, vales un Perú.*

Y regresando al problema, qué hacer en adelante sin que Smith sospechase, existían dos maneras: Una forma era actuar violentamente, irrumpir en su escondite y tomarlos por sorpresa y otra era entrevistarse con el comandante general de las Fuerzas Armadas o con el propio presidente de la República he informarle de todo.

Pero tenía un presentimiento, actualmente las Fuerzas Armadas pasaban por una fuerte crisis política y aquel capitán Óscar Avilés tenía mucha fuerza con cierto grupo de militares y, si se unían con Smith y perpetraban el secuestro, fácil era imaginar un golpe de Estado, ya que en esos instantes los altos mandos castrenses estarían secuestrados y por consiguiente el presidente de la República desinformado.

Toda esa mañana reflexionó bien cómo actuar y qué decisión tomar ya que, si estaba en lo cierto, se jugaba la vida de la nación.

Como a eso de las 2:30 de la tarde salió Schariar a la dependencia policial a entrevistarse con el teniente Richard, asegurándose de antemano que nadie lo siguiera. Lo encontró en su despacho. Una vez a solas con él le pidió mucha discreción acerca de lo que iba a decirle.

—Está bien Schariar, te escucho —dijo el teniente y continuó—: Aunque no sé por qué, esa banda ya está fuera del país, como te dije.

—No me haga reír, mi teniente, la banda está aquí y más cerca de lo que se imagina. Lo que le voy a decir a continuación no debe de salir de estas cuatro paredes.

—Correcto, está bien, pero habla, que me muero de la curiosidad —contestó el oficial.

—Está bien. En primer lugar, mi compañera está atrapada por ellos y todo lo que voy a hacer es por ella. En segundo lugar, sospecho que planean un golpe de Estado junto con un secuestro y para ello necesito entrevistarme con el propio presidente de la República.

—Pero Schariar, lo que me pides es casi imposible, en todo caso dame la dirección y los atrapamos ahora mismo.

—No mi teniente, eso es imposible, ya cambiaron de dirección y desconozco la nueva (aunque aquí Schariar mentía, pero prefirió ocultárselo por el momento). Además, hay algo más, deseo saber más sobre ese tal capitán de marina Óscar Avilés.

—Pero Schariar, eso es información confidencial —respondió el oficial.

El joven detective, en el límite de su paciencia, le respondió:

—Mi teniente, creo que me equivoqué al dirigirme a usted. Y debería irme directo al presidente. Usted no es más que uno del montón —después de decir esto se despidió y salió. Aunque antes de retirarse del todo dejó otro micrófono secreto pegado debajo del escritorio del oficial, y se llevó el anterior.

Iba caminando por el centro de la ciudad de Lima cuando se encendió la luz roja de su comunicador y al conectarlo escuchó lo siguiente:

—Sargento Sergio, le informo que ese joven detective sospecha sobre nuestro golpe al Gobierno y nuestra relación con Smith así es que mueva a su gente y hágalo desaparecer, ¿entendido?

—Sí, mi teniente, le aseguro que no pasara de esta noche —le respondió desde el otro teléfono.

Schariar por fin tenía las pruebas que necesitaba para dar el golpe final. Tenía los nombres de casi todos los militares involucrados en el golpe, casi todos los que lo habían buscado al inicio para atrapar a Smith eran parte del complot. El propio teniente, que fue su hombre de confianza al comienzo, era ahora su enemigo. Se sentó un rato al costado de una iglesia en el centro de Lima y reflexionó un buen rato acerca de lo qué debía hacer en esas circunstancias.

Y tomó la decisión, la única, y más arriesgada que tenía en mente...

Parte VII
La entrevista

Esa noche como a la una de la madrugada la Plaza de Armas de Lima estaba como cualquier noche: tranquila, apacible y virreinal. Nada dejaba presagiar que sucedería algo. Sin embargo, el cordón de la línea de teléfono que comunicaba con Palacio de Gobierno temblaba en forma inusual, y, en un descuido de los guardias de honor, un hombre vestido de negro se desplazó colgado del cable y por medio de una rueda que giraba por el cordón telefónico llegó a la azotea del Palacio donde se escondió por un momento, luego saltó y de un solo golpe inutilizó a uno de los guardias golpeándose contra la puerta de la

azotea. Corrió hacia la puerta de entrada, y justo cuando iba a girar la manecilla se abrió esta, lo que lo obligó a esconderse rápidamente detrás de ella.

Salieron dos guardias para hacer custodia y relevar a sus compañeros, el hombre de negro aprovechó la oportunidad para entrar y luego caminó por un pasillo largo, alumbrado con unos cuantos focos de luz tenue; a continuación, bajó por las escaleras al primer piso y trató de acercarse a los dormitorios, no sin antes haber tenido que esconderse y esperar a que pasen los guardias unas diez veces aproximadamente. Llego primero a la cocina, luego a otra habitación y pensando que era esta la que buscaba, la manipuló con unos alambres especiales hasta abrirla. Al entrar y alumbrar con su linterna se dio cuenta de que era un almacén, no sin antes darse un susto porque le saltó un gato negro encima, el cual huyó rápidamente.

Siguió en su búsqueda, y después de unos diez minutos atravesó el zaguán del Palacio y llegó por fin a los dormitorios; el primero era de los hijos del presidente y el segundo era del mandatario.

No lo podía creer, había pasado todas las barreras de seguridad del Palacio de Gobierno sin ser visto. *Realmente ahora sí soy un verdadero ninja,* pensó el hombre de negro; *me he vuelto invisible para los demás,* alardeó para sí mismo mientras permanecía oculto enfrente de unos guardias que pasaban y se perdían en la oscuridad.

Se levantó de su escondite y acercándose hacia la puerta del dormitorio la manipuló con su juego de llaves secretas. Sonaron un par de "clicks" y la cerradura estaba libre.

Con emoción y nerviosismo empujó la puerta suavemente y entró a la habitación, cerrando la puerta muy despacio. Prendió la luz y al observar enfrente de sí mismo, no pudo menos que temblar de emoción, el propio presidente de la República estaba en sus manos, si deseaba podía asesinarlo en ese instante o hacer lo que quisiera, lo tenía a su merced, y podía salir del mismo modo como había entrado.

Pero él no era ese tipo de gente y por el contrario venía a entrevistarse personalmente con el presidente para informarle lo que estaban planeando a sus espaldas.

Se acercó lentamente y al llegar al costado izquierdo de su cama suavemente lo despertó. El presidente al despavilarse y ver al hombre todo vestido de negro se sobresaltó y gritó llamando a sus guardaespaldas. Contrariado, Schariar se quitó la capucha y se presentó rápidamente como un servidor de la nación que había llegado hasta ahí para contarle todo lo que sabía. Al darse cuenta de que no corría peligro y que, por lo contrario, se iba a enterar de cosas que ni se imaginaba, el presidente se calmó; de tal forma que cuando sus guardias personales se acercaron a la puerta y preguntaron qué pasaba, él los apaciguó diciendo que solo había sido un sueño y que no se preocuparan.

Una vez tranquilizado, el joven detective le contó todo lo que sabía y su plan elaborado para desbaratar el secuestro y el golpe.

—Están planeando un golpe de Estado y, si me permite usted, con el máximo respeto le contaré todo lo que sé.

El presidente se quedó atónito por unos instantes; en primer lugar, no sabía si era una broma o en verdad lo querían matar. Después de un momento preguntó:

—¿Cómo has logrado entrar a Palacio?

—Fue fácil, los miembros de su cuerpo de seguridad no son más que simples alumnos para mí.

—Bueno, está bien —dijo el presidente—. Supongamos que te crea… ahora dime: ¿de dónde has sacado esa información, muchacho?

El joven lo interrumpió diciéndole:

—Si desea seguir conversando, me agradaría que sea en su despacho. No quiero que nadie nos escuche, *¿okay?*

Antes de levantarse el presidente respondió que no acostumbraba a hacerle caso a cualquiera, pero que él le inspiraba confianza aunque recién lo conociese.

Luego de cambiarse de ropa, salieron de la habitación y se dirigieron por el pasadizo del Palacio hacia el despacho. Cuando los guardias vieron al presidente acompañado del muchacho dirigiéndose hacia ese lugar no pudieron menos que sorprenderse, preguntándose entre sí por dónde había entrado. Pero nada podían hacer ya que el mismo presidente lo trataba bien.

Una vez dentro del despacho presidencial, y con la puerta bien cerrada, Schariar le contó todo desde un principio, mostrándole incluso las pruebas de las conversaciones que había interceptado en varias oportunidades con su micrófono escondido en el escritorio del teniente, la policía, y en el aeropuerto, como ustedes amigos lectores ya sabrán, y no vale la pena contarlo de nuevo.

Sorprendido por el relato, el presidente felicitó al muchacho por su audacia, además de darle las gracias por la noticia de la revuelta que estaba planeando cierto grupo militar. Inmediatamente llamó al comandante general de las Fuerzas Armadas y al jefe del servicio de inteligencia, y una vez enterados de todo, y como a eso de las 3:30 a.m., prepararon un plan de contingencia llamado "plan maestro".

Parte VIII
Plan maestro Vs. Smith

Corría el día lunes, (la mañana siguiente) en la oficina de reclutamiento militar en el Callao todo se desenvolvía con normal funcionamiento. Los muchachos, todos jóvenes entre los 17 y 18 años de edad, esperaban su turno para el examen médico y saber a qué batallón de la Marina ingresarían. Después de un largo rato de espera empezó la lectura, todos se pusieron en fila ordenadamente y esperaron el dictamen del encargado de la oficina.

—¡A ver, jóvenes! —dijo el encargado—. Del 1 al 15 irán al batallón 20; del 16 al 35 irán al batallón 21... —y así sucesivamente hasta que llegó a los últimos—. Número 145 al 170 irán al batallón 32.

Un oficial de Marina al escuchar su número de batallón se sorprendió y fue inmediatamente al despacho del encargado y le dijo lo siguiente:

—¡Teniente Roberto! ¿Quién ha dado esa orden de que veinticinco jóvenes reclutas entren a nuestro batallón?, ¿o acaso no se acuerda que los estamos preparando para otra misión para este mediodía?

—Mi capitán —respondió el teniente—. Esa orden viene de arriba y nada podemos hacer. Pero cámbialos, modifícalos, o di que fue un error de impresión ya que no podemos admitir a esos jóvenes.

En ese momento se abrió la puerta y entro el comandante general de Marina de la legión del Callao y después de intercambiar saludos, preguntó:

—¿Hay algún problema con la lista de los nuevos reclutas? —mientras miraba fijamente al capitán de Marina.

—¡No! Mi capitán —respondieron ambos con cierto nerviosismo.

Instantes después el comandante general se despidió y salió.

En eso dijo uno de ellos:

—Me huele algo mal, creo que sospechan.

—No creo, estás equivocado, son tus ideas —afirmó el teniente—. Si sospecharan ya nos estarían poniendo la soga al cuello, y no es así. Yo creo que es simple casualidad.

—¡No, no lo creo! —afirmó el otro—. Pero trataré de solucionar el problema con los nuevos reclutas de alguna forma. En todo caso, no te olvides de estar en donde quedamos a las cuatro de la tarde.

Mientras tanto en el aeropuerto se iniciaba un ambiente de trabajo más activo que en otras ocasiones, el avión que transportaría a todos los representantes del país a la reunión de Bruselas estaba listo. Marcaban las dos de la tarde cuando empezaron a llegar los representantes, entre militares y congresistas eran en total treinta y cinco personas. Se identificaban en la ventanilla de la aerolínea y luego abordaban el avión en forma normal, aunque bajo estricta vigilancia.

Una vez que hubo pasado el ultimo representante y cerrado la puerta del avión, siete personas vestidas de tripulantes de vuelo se sacaron el saco y con metralleta en mano hicieron que todas las personas presentes se tiraran al suelo. En ese momento cincuenta militares pertenecientes al batallón 32 de infantería de los sesenta y cinco que cuidaban y resguardaban el aeropuerto, mandaron cerrar todas las puertas de ingreso y salida, desconectando todas las alarmas y radios de comunicación. Nadie se dio cuenta de que cinco minutos después una persona se comunicaba con el presidente de la República dándole toda la información de los hechos y felicitándolo porque todo estaba saliendo como lo habían planeado. Los secuestradores estaban dentro del avión con los delegados.

Mientras tanto en el centro de Lima se vivía una agitada movilización militar, hubo tiroteos, uso de granadas y hasta de tanques; murieron dos soldados que custodiaban el Palacio de Gobierno por un descuido de ellos mismos. Otros, al no poder evitar el ingreso de los militares golpistas tuvieron que rendirse. En ese instante el hombre al mando de toda la movilización rebelde se comunicó por radio con Smith, que se encontraba dentro del avión secuestrado, informándole que lo habían logrado y que solo faltaba entrar a Palacio para sacar al presidente. En ese momento se escucharon hurras y aplausos de los militares insurrectos cuando su jefe y próximo presidente de la República ingresó al Palacio, pero grande fue su sorpresa cuando encontraron el recinto completamente vacío y un papel escrito dirigido a su nombre que decía lo siguiente:

Grande fue su sorpresa cuando encontraron el recinto completamente vacío y un papel escrito dirigido a su nombre

Capitán de Marina Óscar Avilés:

Lo felicito por su actuación ingeniosa, pero ya estábamos informados y ahora usted ha caído en nuestra trampa.

Presidente de la República

Últimas noticias: Associated Press

Los canales de televisión transmitían los resultados del fallido golpe militar.

"Informamos por medio de nuestro corresponsal en Lima los acontecimientos que están sucediendo en estos momentos sobre un fallido golpe de Estado y aparentemente el secuestro de un avión con delegados militares y políticos. El responsable de estos hechos es el capitán de Marina del Perú, señor Óscar Avilés, quien aparentemente fue descubierto por un joven detective cuyo nombre no se ha revelado por ser secreto de Estado. Este joven fue el artífice de un plan maestro que liberó a este país de Sudamérica de un posible golpe militar.

Desesperado el capitán de Marina por el fallido plan se ha atrincherado con varios de sus subalternos y armas de alto poder pidiendo garantías y un helicóptero que le sea dado para poder salir del país, sano y salvo.

En estos momentos, nos disculpan por las interrupciones de la señal pues varios aviones MIG16 vuelan alrededor del centro de Lima y tanques de la primera división de infantería del Ejército están resguardando toda la ciudad para evitar cualquier respuesta de los golpistas. Aparentemente tienen todo bajo control y, según informa una fuente militar anónima, esto se resolverá a más tardar esta noche. El principal aeropuerto internacional del país, localizado en el puerto del Callao, también está siendo intervenido y nos informan que ha habido varias bajas, aunque nos dicen que la situación ya está controlada.

Seguiremos informando más adelante. Tengan ustedes muy buenas tardes.

Associated Press".

Regresaron los canales de televisión a sus programas habituales diurnos para mantener a la audiencia entretenida mientras realizaban sus labores. Aun asi, se respiraba un ambiente de mucha tensión en la capital. Las personas de a pie habían dejado de trabajar, y muchos negocios, para evitar saqueos o problemas parecidos, habían cerrado hasta que se calmara el ambiente. Una hora pasó desde la última transmisión de la Associated Press cuando volvió en forma imprevista nuevamente en línea televisiva a informar...

Noticias ahora - Associated Press

"Señores y señoras, aquí con nuestro corresponsal en la ciudad de Lima (Perú) informando de los acontecimientos de último momento.

Nos comunican que un escuadrón del Ejército especialmente entrenado para casos de terrorismo ha tomado control del avión secuestrado, se sabe que ha habido tres bajas de los rebeldes y dos militares se encuentran en estado crítico y se les ha trasladado al Hospital Naval para intentar salvarlos.

También nos informan que tres de los rebeldes inexplicablemente han logrado escapar sin dejar rastro. La policía de la ciudad está a la búsqueda de aquellos prófugos por tierra y mar. El aeropuerto internacional ha suspendido todos sus vuelos hasta próximo aviso. Sus puertas principales de entrada están fuertemente resguardadas y se recomienda a todos los transeúntes y vehículos que circulan por allí eviten tomar las avenidas que llevan a este terminal aéreo del país.

También, dos militares del bando rebelde han fallecido asesinados por su propio grupo al intentar rendirse antes de que el Ejército tome control del aeropuerto".

Se sucedió medio minuto de silencio mientras en la imagen los reporteros en la TV conversaban en voz baja sobre alguna nueva información. Para luego volver a la teleaudiencia...

"También, estimados televidentes, nos informan que ya se ha tomado completo control del terminal aéreo. Y ahorita están trasladando a todos los rebeldes al Cuartel General del Ejército en el Callao para su ajusticiamiento militar y condena. Además, se recomienda no salir a pasear en auto o en bote al sur por el mar pues aún sigue la búsqueda de los tres prófugos.

Muchas gracias y seguiremos informando apenas recibamos noticias nuevas. Gracias y tengan muy buenas noches

Asssociated Press. Informando al mundo".

Mientras los noticieros informaban sobre los hechos, el joven Schariar estaba interviniendo el refugio de Smith, localizado en la avenida Perú, en el distrito de San Martín de Porres en Lima, junto con tres hombres de la Policía de Investigaciones. No enfrentaron mucha resistencia debido a que encontraron sola a la novia de Smith cuidando a la amiga del joven detective en calidad de rehén.

Schariar, como siempre con su gran corazón después de que se le hubo pasado la cólera, y en vista de que su amiga no había sufrido daño, trató de persuadir a los tres militares que lo acompañaban de que dejaran salir a la chica ya que ella no tenía nada que ver en todo eso. Aunque en el fondo él sabía la verdad, por alguna razón inexplicable, el joven detective sentía un respeto hacia Smith y viceversa.

Conclusión

Ese día los jóvenes se retiraron del lugar lo más rápido posible luego de dejar las cosas claras con los agentes policiales. Una vez en casa, se comunicaron con el presidente de la Republica vía redes sociales para saber cómo le fue con todo, y si ya se encontraba de regreso en Palacio.

Les comunicaron que el Capitán Óscar Avilés y el grupo rebelde, que se había mantenido protegido dentro del Palacio, una vez enterados de la derrota empezaron a dividirse. Ocho de ellos se rindieron y al día siguiente serían procesados ante la justicia pudiendo tener penas de cinco hasta veinticinco años de cárcel, dependiendo de su responsabilidad y grado. El capitán Avilés y uno de sus subalternos se suicidaron de un balazo en la sien al no poder resistir la pérdida y sabiendo la condena que les esperaría.

En el aeropuerto fallecieron tres de los de la banda y solo Carlos Chuquihuanca se había salvado. Pero se suicidó cortándose la yugular con una navaja mientras era trasladado a la justicia al parecer por el abandono de su jefe y por el consecuente futuro que le esperaba tras las rejas.

Después de todo ese embrollo, el que se llevó la mejor gracia parece que fue el joven detective Schariar por haber sido el que proporcionó la información de la rebelión y preparó el contraataque.

Cuando el joven rescató a Ayesha y dejó libre a Betty, como si no la hubiera visto, ella en su desesperada fuga se llevó parte del dinero de Smith dejando un saldo de $80,000 dólares en una bolsa. El joven, como buen detective, lo tomó como recompensa suya además de recibir honores del presidente de la República más la recompensa de $100,000 dólares. El joven le dio las gracias por el reconocimiento, pero no aceptó ningún puesto gubernamental, simplemente porque su andar era libre y no le gustaba atarse a un determinado sistema de vida. Además, sabía que tarde o temprano se volvería a enfrentar con Smith, y mejor sería que fuese como anónimo que en nombre de alguna institución policial, le gustaba pasar desapercibido, viviendo en barrios acaudalados y lúgubres, oscuros y miserables. Ya que cuanto más oculto se mantuviera en la sociedad mejor se sentía y se mantenía al nivel de su enemigo.

El presidente aceptó de buena gana la respuesta del joven; y este, en son de broma, le mencionó que estaba haciéndose de buenos ahorritos para su jubilación... para luego despedirse del mandatario entre grandes carcajadas.

Y con esto acabamos, estimado lector, con respecto a los jóvenes detectives hasta su próxima aventura. Y pasaremos a relatar lo que sucedió con Smith, su guardaespaldas y su novia Betty.

Epílogo

En las afueras del Aeropuerto Internacional Jorge Chávez en el Callao y al sur de este, cerca de la medianoche Betty se estaba reuniendo con Smith Cross, Javier Lamp, y Gregory Bunge. Luego de abrazarse por largo tiempo se dirigieron a una playa desértica, sin luces por los alrededores y donde no pudieran ser vistos. La playa de Ventanilla donde de día se ven unos cuantos bañistas residentes de la ciudad del mismo nombre y las casas de adobe y de pobre construcción apenas tienen alumbrado en sus hogares y agua potable en caños comunales. Una ciudad fundada a base de invasiones, sin planificación alguna de sus calles; y cuyos pobladores organizándose independientemente forjaron pistas y veredas rudimentarias a punta de palas y picos.

Una ciudad perfecta para ocultar en su playa un yate de pobre apariencia, pero poderosos motores, que daban a la nave la apariencia de estar levitando en el mar mientras dejaba una estela de espuma blanca al pasar. Los cuatro tripulantes: Smith, Betty, Javier y Gregory abordaron la nave, y mientras los motores empezaban a empujar el barco lejos del litoral, ellos se despedían en forma simbólica del país en el cual habían estado por más de medio año, y en donde no les fue muy bien debido a la intromisión de unos jóvenes detectives.

A lo lejos se escuchaba pasar algunas avionetas y helicópteros del Ejército que rastreaba la costa en búsqueda de los fugitivos.

Smith Cross sonreía parado en la popa mirando cómo se iban alejando de la costa y se despidió. Betty sacó de un bolso que colgaba de su hombro un pañuelo rosado que había pertenecido a Ayesha y que ella le regaló en un gesto de gratitud por haberla cuidado, si así pudiéramos decirlo, lo agitó al viento como despidiéndose y lanzó una rosa al mar en son de despedida.

Smith, ahora convertido en el capitán del navío ordenó dirigirse mar adentro hasta estar fuera de la vista de los guardacostas y de allí a Panamá. Su destino era Italia, Europa. Para encontrarse con Mario Cassimiro que los esperaba...

Smith Cross sonreía parado en la popa mirando cómo se iban alejando de la costa

Índice

www.ingramcontent.com/pod-product-compliance
Lightning Source LLC
LaVergne TN
LVHW091006080826
845145LV00003B/1152

* 9 7 8 1 6 3 0 6 5 1 0 2 2 *